美人鱼

赵德发 著

中篇

百花文艺出版社
天津出版传媒集团

图书在版编目（CIP）数据

美人鱼 / 赵德发著. -- 天津：百花文艺出版社，2024.3
（百花中篇小说丛书）
ISBN 978-7-5306-8780-2

Ⅰ. ①美… Ⅱ. ①赵… Ⅲ. ①中篇小说-中国-当代 Ⅳ. ①I247.5

中国国家版本馆 CIP 数据核字(2024)第 056293 号

美人鱼
MEIRENYU
赵德发　著

出 版 人：薛印胜　选题策划：汪惠仁
编辑统筹：徐福伟　责任编辑：齐红霞
装帧设计：任　彦
出版发行：百花文艺出版社
地址：天津市和平区西康路 35 号　邮编：300051
电话传真：+86-22-23332651（发行部）
+86-22-23332656（总编室）
+86-22-23332478（邮购部）
网址：http://www.baihuawenyi.com
印刷：山东临沂新华印刷物流集团有限责任公司
开本：700 毫米×980 毫米　1/32
字数：35 千字
印张：3.5
版次：2024 年 3 月第 1 版
印次：2024 年 3 月第 1 次印刷
定价：30.00元

赵德发 / 作者

1955年生，山东莒南人，山东省作家协会原副主席，日照市文联原主席，山东理工大学、青岛大学、中国海洋大学驻校作家。至今已发表、出版各类文学作品850万字，主要作品有长篇小说《缱绻与决绝》《君子梦》《青烟或白雾》《双手合十》《乾道坤道》《人类世》《经山海》以及长篇纪实文学《白老虎》《黄海传》等，出版有12卷《赵德发文集》。曾获人民文学奖、《小说月报》百花奖、《中国作家》鄂尔多斯文学奖、中国作家出版集团奖·优秀作家贡献奖、中宣部“五个一工程”奖等奖项。

一

咸油饼再次考糊。

在朋友圈发出这句话，后面加上三个泪水滂沱的表情，咸优优趴在电脑桌上痛哭流涕，把那个表情真真切切地演绎了出来。半年前，国考考糊；现在，省考考糊。咸油饼没人要，只配做猪饲料了！

她估计，咸科这会儿肯定也从考公平台上查到了结果，他女儿报考的岗位初选三人，公布的考号中没有他想看到的那一个。“优优，你只要进了面试环节，我找我的老同学帮忙，先给你搞几次模拟面试；再找另一个老同学打个招呼，让面试官心里有数，这就有把握了。”这是咸科在她参加国考之前说的。结果是她没进面试，让咸科的老同学们没有了用武之地。省考前，咸科也这么说，现在他再次失望，大概正坐在单位的办公桌前长吁短叹，恨铁不成钢。

老爸咸正是个官迷，一心要往上爬，结果事与愿违，年过半百还是咸科。“官至处级止，人到五十休”，这是市直机关干部中流行的一句话。咸科没当上咸局，万念灰了九千九百九十九，唯一没灰的一条是让闺女替他实现梦想。咸优优大学毕业后，咸科天天念叨这事：“优优，你一定是优中之优，一定会成为你爸的骄傲！”她答应着：“嗯，那时我就成了一块香喷喷的油饼了。”咸科笑了：“你这吃货，就喜欢油饼，还把微信名也弄成‘咸油饼’。快换换，弄个正能量的。”但咸优优就是不换，说油饼就是正能量，并且三天两头叫唤一次：“咸科老婆，给我烙油饼吃呗！”既是咸科老婆又是优优母亲的女户籍员刘春苹说:“死丫头,就不怕吃胖了?”咸油饼拍拍肚皮:“不怕,吃胖了备考才有劲儿!”

可是,咸油饼接连两次考糊,就不好交代了。怎么会有那么多人去考,一个岗位竟然有两百三十六个人竞争。“内卷”,严重“内卷”,这是叫人“躺平”的节奏呀!

盛楼发来微信:“优优,咱们出去玩玩吧。”咸优优立即回了“OK”。男朋友约她出去玩,有让她散散心的意思。再说,咸优优也不想在家里躺着,等到咸科下班回家,她将无颜以对。

盛楼肯定是考上了,因为语气中有掩饰不住的欢欣。咸优优查了查,盛楼报考的岗位入围名单中果然有他的考号,而且排在第一。他考的是县里的公务员岗位,能把另外一百三十四人打败,盛楼真不容易。

咸优优关上电脑去洗脸更衣。照镜子时，她端详着自己的小圆脸，用手指点着，学电视剧里皇上与妃子讲话："优优，朕一向看重你，不想你却是如此不堪！"说罢，优优脸上已经是泪珠滚滚了。

盛楼发来微信，说他已经到了。咸优优赶紧擦干眼泪，背包下楼。盛楼站在车子旁边等她，面带微笑彬彬有礼地给她拉开车门。咸优优心情好了一点，与盛楼开起了玩笑："越来越像个小公务员了。"盛楼笑了："感谢领导表扬。"

车子开动，二人竟然沉默起来。咸优优憋不住，扭头看着他："大楼，怎么不报喜呢？现在正是碾压我玻璃心的最佳时刻啊。"盛楼与她对视一眼，目光里满是爱怜。他左手扶方向盘，右手抓着她的左手用力握了一下。咸优优往他肩膀上一靠，全身抽搐着哭了起来。

二

看到海洋馆，咸优优的心情由阴转晴。这个海洋馆建了两年，今年劳动节正式营业，外形像一个张着巨口的扇贝，很有诱惑力。她和盛楼忙于考公，考完又去青藏高原浪了一大圈，一直没能来玩，所以刚才盛楼问她去哪儿，她立即说，到海洋馆看鱼。

这里的鱼真多，一进那条长长的“海底隧道”，两边、头顶，各种各样，熙熙攘攘。咸优优频频抬手：“你好！你们好！”盛楼说：“我发现，你见了鱼比见了我还亲。”咸优优说：“那当然，它们又不用参加考公，活得自在！”盛楼将她肩膀一搂：“咱不说这事，行不？”

看完海豚表演，二人进入一个大厅，发现有许多游客坐在那里，对面是一堵巨大的蓝色玻璃墙，墙里面是水，有各种各样的鱼在游动。这时，头顶响起一个清脆的女声："各位观众你们好，欢迎来到海洋馆表演大厅。现在看到的是一个超大展池，展池玻璃长二十米，高八米，容纳了五千吨海水和几十种海洋生物，有鲨鱼、鳐鱼、金鲳、玳瑁等等。看，它们都在自由运动，有的还向你们打招呼呢。"

咸优优指着一条鳐鱼兴奋地说："看，它向咱们笑呢！"

的确，身体扁平、胸鳍宽广的鳐鱼，嘴巴两侧有两个黑点，和上方的眼睛合成一个笑脸。它扑扇着胸鳍，到玻璃墙边侧立而游，笑容可掬。

鲨鱼向人打招呼就没有笑容了，而是龇牙瞪眼恶狠狠的。咸优优说："奇怪，它怎么不吃小鱼呢？"盛楼说："可能是让饲养员喂饱了。"

主持人接着说她的解说词:“观众们都知道,大海里经常发生风暴,惊心动魄。咱们这个展池,虽是一个微缩的海,迷你型的海,但也会发生风暴。快看,金色风暴来了!”

话音刚落,只见展池左边突然出现一片密集的鱼群。那些鱼都不大,呈金黄色,在向一个穿脚蹼的潜水员靠拢。突然,鱼群顺时针方向旋转起来,而且速度越来越快,像陆地上的旋风,把潜水员严严实实地遮住了。观众嗷嗷大叫,咸优优问:“怎么回事?”盛楼说:“这还不明白,饲养员撒鱼食呗。”

主持人提示,美人鱼来了。展池上方果然出现一些女子,下半身都扮作鱼尾,有红有绿。不知是谁发了号令,她们一字排开集体下潜,潜至底部猛地回身,向观众飞了个飞吻,吐出一串气泡悠悠上浮。此时观众看清了她们的外国面孔,大声欢呼,热烈鼓掌。而后，美人鱼们再次下潜，悬浮在水中前后排列，表演“千手观音”，再次引发观众赞叹。接下来，“叠罗汉”“孔雀开屏”“花环锦簇”，各种姿态，奇样迭出。

此时，展池右边忽然出现一位红发小伙，穿着一条红色游泳裤、两只白色脚蹼。他身背氧气瓶，嘴含吸氧管，做挣扎状下沉，沉至池底一动不动。美人鱼也纷纷下潜，向他奔去。观众们以为出了意外，好多人惊叫：“怎么回事？”

主持人说：“各位不要惊慌，你们现在看到的是经典童话故事《美人鱼》。王子乘船在海上航行，突遭风暴袭击，船只下沉。王子落水后，经历了一段时间的挣扎，最终体力不支，沉入海中。这时，一群美人鱼发现了他，她们会怎样对待王子呢？”

观众们看到，六条美人鱼表现迥异：有的过去看看，便惊慌逃走；有的察看一番，伤心离去；唯有一条黄发红尾的美人鱼，到水面停留片刻，又独自回来，去了王子身边，拍打他，抚摸他，直至他苏醒过来。王子看到美人鱼，被她的美丽震撼，向她伸出双手，美人鱼却羞涩地逃到水面。王子去追，美人鱼下潜回应，二者用手势做着表白。美人鱼再次到水面换气后，游到王子面前，与他手牵手表演起了水下华尔兹，一举一动，都很优美。二人上升时，美人鱼的一只手被王子高高牵着，身体悠悠转动。

咸优优呆呆地看着，直到他俩在展池上方消失不见。她喃喃道："如梦如幻，美不胜收。大楼，我也想当美人鱼。"

盛楼摸摸她的额头："没发烧呀！"

咸优优将他的手一拨："我是认真的，我真的想当美人鱼！"

“我知道你喜欢周星驰，但他拍的《美人鱼》是科幻电影，咱们是在现实之中。”

“现实之中我也要当。走，陪我去打听打听。”

两人走出大厅，咸优优问一个保洁阿姨应聘美人鱼到哪里报名。阿姨把她上下打量片刻，笑眯眯地问：“你有证吗？”咸优优问：“什么证？”阿姨说：“美人鱼证书，SSI，或者 PADI。”见咸优优摇头，阿姨弯下腰继续扫地了。

咸优优小声对盛楼说：“海洋馆真是藏龙卧虎，保洁员都懂这个。”盛楼说：“咱没有证，算了吧。”咸优优嘟着嘴说：“不，没证我考。我就不信，考这个证比考公还难。”

她回到阿姨身边，又问到哪里考证。阿姨向楼上指了指：“走，我带你们去。”

上楼时，咸优优发现，这个阿姨有四十多岁，黑发中夹杂着一些白发，但身段还算苗条，脚步也很轻快。咸优优问阿姨贵姓，得知她姓冯，便叫她冯姨。

到了三楼，冯姨把她领到一个门口，门边有一块刻着“蓝梦潜水学校”字样的铜牌，里面一位中年女子正拍打着桌子上的一摞鱼尾巴在打电话：“不行，你这批单蹼质量有问题，我要退货！什么问题？太硬！我让人试了，一会儿就把脚磨伤了。你用的是硅胶吗？是劣质塑料吧！你什么也不要说了，我必须退货！不然，学员会投诉我的！”

见她打完电话，冯姨立即满脸堆笑，指着咸优优对她讲：“戚校长，我给您带来一个新学员。”校长立即过来与咸优优握手，边打量边说：“欢迎美女，打算学潜水是吗？你身材非常棒！会不会游泳？”咸优优说：“会。”“那好，先填个表。”说着就从桌上拿起一张纸递过来。

咸优优和盛楼坐到旁边的连椅上并头研究，听到校长在问冯姨："冯姐，你这一段时间练得怎么样？过几天我请考官过来，发一批进阶美人鱼证书，你参加考试吗？"冯姨说："我当然要考。我儿子说了，等我拿到这个证，他回来给我办一场庆功宴！"说罢，笑眯眯地向咸优优摆摆手，走了。

盛楼一扯咸优优："听见了吗？保洁阿姨都要当美人鱼了，咱就不掺和了吧！"

咸优优说："不，我就要当。"说罢，从包里找出一支笔，趴到面前的茶几上填表。

盛楼摇摇头，起身到校长办公桌前小声问询，用手机扫码付款。回来坐下，咸优优问他付了多少。盛楼说："三千三百元，学费两千八百元，服装费五百元。"咸优优把嘴凑到他耳边亲了一下："谢谢。"

三

咸优优万万想不到，在她与社会上无数毕业生忙着考公务员、考教师、考国企职员的时候，这个城市里竟然有人在考美人鱼资格证。

咸优优填完表交上，校长发给她一张学员证，编号为 0068，还有用 A4 纸打印的“学员须知”，并把她拉进了鱼友微信群。校长让她稍等，接着打电话叫人过来领她。

等待时，咸优优在手机上看到，鱼友群简直就是个大鱼缸，扑扑棱棱溅着水花，因为群里发的消息，多是美人鱼训练和表演的照片或视频。她见别人在群里的称呼都是“学号+化名”，如“0026 美人鱼”“0015 海之梦”“0049 蓝精灵”之类，便把自己的称呼改成了“0068 咸水鱼”。盛楼在旁边看了哧哧笑，咸优优拧一下他的胳膊：“笑什么笑？”

一位身材修长、穿蓝色工作服的女子进来了，校长对咸优优说：“她是倪曼教练，由她对你进行一对一教学。”倪曼带着微笑与咸优优握手：“咱们有缘，欢迎你。”咸优优问她什么时候开始上课，倪曼说：“现在就可以，我正好有空。”咸优优说：“那就现在，我也有空。”倪曼说：“跟我走吧。”转身便去了门外。

咸优优和盛楼向校长告辞，出门跟上教练，教练却向盛楼摆手：“男士止步。”咸优优说：“大楼，你先到海边玩玩，等我上完课来接我。”盛楼点点头，转身下楼。

倪曼带着咸优优沿着楼廊走，边走边自我介绍，她五年前在深圳考取了 PADI 潜水教练资格，在多个城市的海洋馆做过表演,也当过潜水教练。今年四月底，三亚办了世界上最大规模的水下人鱼秀,一百一十人共同表演,其中就有她。那次活动史无前例,载入了吉尼斯世界纪录。上个月,有朋友介绍她来这里,这个城市挺漂亮,海滩也美,她喜欢这里。咸优优见倪曼果然是见过世面的,气质不凡,美中不足的是皮肤不太细腻。咸优优不便问她的年龄,猜她在三十岁上下。

咸优优问她是不是经常在这里表演美人鱼,倪曼将眉头一皱:“表演个屁!馆长把我当高端人才引进,本来是要让我上场的,起码做个替补。谁知道那几个外国妞挣钱挣疯了,生理期也照常下水。”咸优优惊讶地张大嘴巴:“那怎么行,不伤身体?”倪曼说:“没事。”“不会把水弄脏?”“人家有办法。”“她们是哪个国家的?”“有俄罗斯的,也有乌克兰的。”

走到二楼东端，倪曼把咸优优领进一间屋子，里面挂满五颜六色的美人鱼服装。咸优优兴奋地走上前比照一下，发现每件衣服都高过她的头顶，惊讶地说："怎么比我还高？"倪曼说："尾巴长呀。"她让咸优优选一件，咸优优选了一件金黄色的。她觉得只有这种颜色，才能清除考公落榜的晦气。

接着，倪曼打开墙边一个橱柜门，拿了一副潜水镜给她，又取出一件金黄色的泳衣，让咸优优穿在里面。她指着大橱柜上一个标着"0068"号的小门说："这是你的储物柜，把随身衣物放进去，锁好，带走钥匙。记住，初学阶段必须穿袜子，不然会把脚脖子磨伤的。好了，换上泳衣吧。"

倪曼转身把柜门关上，到另一个橱柜前换上泳衣。见她身上一丝赘肉也没有，咸优优由衷赞叹："教练你果然是条美人鱼。看看我，小肚腩都有了。"

倪曼说："放心，练上一个月就没了。学习潜水运动，能有效训练核心肌群，有助于减脂塑形，减脂效果相当于在陆地上运动的六到八倍。"咸优优惊呼："哦，真是神奇！"

换完泳衣，倪曼为她选脚蹼。墙边放了一堆脚蹼，有红有绿，像一个个被剪掉的鱼尾巴。倪曼看看咸优优的脚，给她选了一个红色的。咸优优接过来掂了掂："哇，挺重的。"倪曼说："五斤六两，你要适应一段时间才行。"咸优优坐在凳子上穿上，活动了几下脚掌，觉得正好。倪曼说："好，带上鱼衣脚蹼，跟我走吧。"

走出屋子，来到一个大水池旁边，倪曼说："这就是咱们的课堂。"咸优优看着一池清水有点失望："不在美人鱼表演的地方呀？"倪曼说："这个潜水池四米深，适合初学者。你一下子到八米深的大缸里，水压太大，受不了的。”

倪曼先给咸优优讲了一些安全常识，教会了她几种手势：譬如身体良好，用“OK”手势；身体不适，将五指张开，左右翻转；觉得危险，将拳头紧握，手臂向上伸出。她又告诉咸优优，一般人游泳主要靠四肢，但美人鱼穿着单蹼，必须使用腰腹力量带动肩膀和臀腿来摆动身体，这样才能游出柔美感。

倪曼给咸优优示范了入水动作：只见她转身坐在水池边，双脚垂在水里，双手放在身体同一侧，在池边用力一撑，身体顺势缓缓转身，扒住池边，尾巴慢慢下沉，浸入水里，整个动作缓慢而优雅。接着是“鸭式入水”，像鸭子那样将头向前一勾，双臂贴在身体两边，猛然下潜。

咸优优下到水中，看见倪曼在她面前慢悠悠地做着动作，灯光射到她的身上，像一道道漂亮的斑纹。她想追上倪曼，但因为两脚被单蹼束缚在一起，很不习惯，看上去像一条笨拙蠕动的大虫子。很快她就憋得慌了，只好浮上去，抓住横在池边水面上的安全绳换气。

倪曼浮上来说："优优，你不要着急学动作，先找找水感。"咸优优问："什么是水感？"倪曼说："就是驾驭水的能力，是一个人对水的流动压力所能做出的相应的反应。如鱼得水，这个成语知道吧？你要找的水感，就是如鱼得水。"咸优优点点头："明白，我把自己当成一条鱼就是了。"倪曼夸奖她："对，你很有悟性！"

再次下潜，咸优优就体验到水感了。她很小就学会了游泳，在游泳馆和海水浴场里游过，但从没有人向她讲过"水感"。今天她明白了，也找到了。如鱼得水，真的是如鱼得水。她一次次换气，一次次潜游。怎么就如此轻松呢？怎么就这样愉快呢？咸优优想，哎呀，我的前生大概就是一条鱼，现在才回归水域。考什么公，那是人类的事情，与我无关！

倪曼在一边观察着，一再向咸优优竖起大拇指。过了一会儿，倪曼握住双拳，将两个大拇指竖起。咸优优想起这个手势是让她上浮，便挥动双臂游到水面上。

倪曼也跟着浮到水面，游到池边说："优优，你很棒，很有潜质。刚才我目测了一下，你一口气可以游出二十米左右，离及格标准二十五米只差一点点了。而且，你的动作也接近完美，你会成为一条优秀的美人鱼的。"

咸优优听了这话非常高兴，连声道谢。她又问："看到好多鱼友都在群里发照片，发小视频，是谁在水下拍的呀？""我呀，我有一部水下相机。""太好了。倪教练，你现在能不能给我拍几张？”“可以。”

倪曼出水，解下脚蹼，去屋里拿来相机。她让咸优优解下脚蹼，在池子边上躺平，将鱼衣套上双脚，套到腰间，坐起来再穿上半截。而后，将脚脖子位置的拉链拉开，把脚蹼塞进鱼衣尾巴里，穿在脚上，再拉上拉链。咸优优觉得，两条腿被鱼衣紧紧地捆绑在一起，真像变成了鱼的下半身。

入水后，咸优优很快适应了鱼衣，浮上来让教练给她拍照。倪曼拿着相机入水，拍了一会儿，喊咸优优出来，让她看照片和视频。咸优优见视频上自己的动作还不熟练，但照片里已经有美人鱼的样子了。她越看越喜欢，说：“教练快发给我，我晒出去嘚瑟嘚瑟！”倪曼说：“好的，第一节课到此结束，咱们先去冲澡换衣服。晚上你可以来这里练习，好多同学都来，我也在。”咸优优说：“好的。”

二十分钟后，咸优优挑选了几张教练给她拍的照片，在朋友圈里发了个“九宫格”，上面配的文字是“考不上公，做一条鱼”。

四

咸优优一边往停车场走，一边拿着手机看朋友圈的动静。反响果然强烈，像美人鱼入水激起了水花，点赞的、留言的，不断出现。一个男同学留言“惊艳”，一个女同学说她“华丽转身”，有一个发小表示“期待精彩演出”。咸优优看得心醉神迷，走错了方向，听到盛楼在左前方喊她才醒过神来。

她走到车子旁边，盛楼打开副驾驶位子的车门，咸优优坐上了车。这个时候，她的手机响了，她立即接起叫了一声“妈”。刘春苹在电话那头说，已经做好饭了，还专门烙了油饼。咸优优说：“我在路上，一会儿就到家。”

打完电话，咸优优看着盛楼道：“你也去呗，让咸科知道他姑爷考上了，这在一定程度上能抵消他爱女落榜的痛苦。”盛楼摇摇头：“不去了，我妈也已经做好饭了，等我回去呢。”“好吧，你能陪我大半天，我就知足啦。”

回到家中，咸优优看到沙发上坐着老爸和一个白发老头儿。老爸指着老头儿对女儿说：“优优，你二爷爷来了。”咸优优这才认出来，这是老爸的二叔。二爷爷住在平川县城，好几年没见，竟然老成这样。她叫了一声“二爷爷”，二爷爷向她点头，露出一口雪白的假牙笑道：“哈哈，优优长成大姑娘啦！下午你爸叫你姑过来吃饭，听说我正在你姑家里，就让我也来了。卓娅，快出来看看，优优回来啦！”

咸优优的三姑咸卓娅从厨房里走了出来，一边擦手一边看着侄女笑：“优优真美，扮作美人鱼更美。”咸优优说了一句“谢谢三姑夸奖”，转身进了自己的卧室。她已经意识到,老爸今晚要办一场鸿门宴,准备对她进行“励志教育”。

三姑咸卓娅是某局的副局长，教育起人来,兼具长辈的苦口婆心和领导的语重心长,咸优优一生最怕她。

在卧室里坐了一会儿,咸优优心想,与其坐以待毙,不如主动出击,免得影响我吃油饼的心情。等到老妈喊她出去吃饭时,她立刻打开门往桌子边一坐,笑嘻嘻道:“三姑,昨晚我做了一个梦,与你有关。”

三姑瞪大了眼睛:“是吗？你梦见我啥？”

“梦见你又升官了,成市领导了！”

咸优优抄着筷子挥舞:“还梦见我考上了公务员,三姑一下子把我提拔成了咸科的领导,咸科在我面前唯唯诺诺、毕恭毕敬……”

二爷爷问:“咸科是谁?”

咸优优向父亲努努嘴。

二爷爷也笑了,指着咸优优说:“你这孩子,没大没小。”

老妈为了解围,夹一块葱油饼放到女儿面前:“快吃吧,再不吃就凉了。”

咸优优忍住笑,大口吃饼。她边吃边为刚才的说法而得意,既表达了自己要当公务员的心愿,又讽刺了老爸仕途上的困境,还挠了三姑的痒痒肉,让他们觉得没必要逮着她开训。

咸正苦笑一下:“优优三姑,你发现了吧,优优很会解压,而且有多种方式:一是做美梦;二是学美人鱼;三是嘲笑她爸……”

三姑向侄女晃了晃大拇指:“聪明孩子。”

咸优优向三姑做了个鬼脸,不再说话,只管吃饼。

刘春苹回到厨房继续炒菜，咸正给二叔和堂妹倒上酒，三人喝了起来。他们关心着二爷爷的生活，三姑说：“我大姐二姐都在外地，爸你不能一个人住，到我家长住吧，我照顾你方便。”咸正说：“二叔，你搬来吧，一个人住在县城太寂寞。”

老人家却说：“不寂寞，有你婶子我不寂寞。”

听了这话，咸卓娅突然停住筷子把嘴捂住，两串泪珠滴落到桌面上。

咸优优明白了二爷爷的意思，心中感动，抬起一只手抚摸他的后背。

咸优优从小就听说过二爷爷与二奶奶的爱情故事，现在想起还是会感动。二爷爷和二奶奶是大学同学，因为学俄语萌生了情感。二奶奶很漂亮，是班花，而且俄语成绩最好。二爷爷为了追求她，拼命背俄语单词，学俄语歌曲，一有机会就用俄语向二奶奶示爱，最终赢得了她的芳心。毕业时，二爷爷被分配到家乡中学任教，二奶奶被分到省直机关，但她没去，请求组织将她和爱人分到同一单位。二人同在平川县一中教俄语，他们喜欢在家里读俄国文学作品，那种文化把他们深深浸染。八年前，二奶奶得了癌症，弥留时刻，两位老人合唱了一首苏联歌曲。一曲唱完，天人永隔，把当时在场的医生护士都感动得掉泪。二奶奶走后，二爷爷每天都要在二奶奶照片前面用俄语说一会儿话，还给她唱苏联歌曲。二爷爷说的“不寂寞”，就是这个意思。试想，二爷爷到闺女家住着，有姑爷外孙在跟前，他还能跟二奶奶保持那种状态吗？

咸优优开口为二爷爷帮腔：“爸、三姑，二爷爷想在老家跟二奶奶做伴，你们就别强求啦。”

三姑把泪水一抹："好吧，我尊重爸的选择。"

二爷爷欣慰地笑笑，喝一口酒，忽然问道："优优，我听你三姑说，在海洋馆里扮演美人鱼的都是苏联人？"

咸卓娅说："爸，你听错了。我跟海洋馆馆长一起吃过饭，他说，美人鱼演艺公司的老板在苏联时期搞跨国贸易，后来苏联解体，他转行做跨国演出。最近十来年中国各地建起一些海洋馆，他招了一些人到中国的海洋馆扮演美人鱼。"

咸优优说："对，我听说有俄罗斯的、乌克兰的。"

咸卓娅说："还有白俄罗斯的、哈萨克斯坦的。"

二爷爷放下筷子，双手一拍："太好了。优优，你能不能带我去见见他们？没和真正的苏联人——哦，又说错了，真正的俄罗斯人——说上一句俄语，是我一生最大的遗憾,我不能带着这个遗憾离开这个世界!”

咸优优面露难色:“二爷爷,我和他们接触不上……”

咸卓娅却说:“爸,我给你安排。”

她拿起手机拨通电话:“馆长好,我有个事想请您帮忙。您能不能和美人鱼表演团队商量一下,我想请他们吃一顿饭……”

二爷爷听到这里,掏出手机举着说:“这个办法好!我请客,我手机里有钱……”

咸卓娅摆摆手,示意他别说话,走到客厅另一端继续打电话。她很快回来,晃了晃手机:“说定了,明天晚上去海盛大酒店。”

五

陪二爷爷请美人鱼团队吃饭的过程中，咸优优想，可用一个网络新词“爷青回”来形容二爷爷。

看吧，二爷爷的青春真的回来了。八十岁的他，穿一件横纹T恤，腰板笔挺；白发梳得一丝不苟，且打了发胶；脸上虽然有几块老人斑，但精神矍铄。最厉害的是，他坚持站在酒店门前等待客人，等客人到了之后，二爷爷一直和他们用俄语交谈，而且说得十分顺溜。

美人鱼团队是坐一辆面包车来的，共八人，三男五女。其中有一个中国人，是剃着光头的劳经理。劳经理问：“咸副局长来了吗？”咸优优说：“我三姑今晚要出席一个活动，让我陪老爷子过来。”

走进酒店大堂，几个外国女孩看着金碧辉煌的摆设与装饰十分兴奋，立即摆出各种姿势拍照。有一男一女一直依偎在一起，咸优优猜出这是演美人鱼和王子的那一对。她指着他们向二爷爷小声介绍，二爷爷赞叹道："真像童话中的人物。"

大家进入包间，二爷爷大大方方地站到主陪位置，请大家落座。王子和他的搭档坐在老人两边，咸优优坐到副主陪位置，劳经理坐在她右首的三宾位置，一个瘦瘦的高鼻子小伙儿坐在咸优优的左首。所有人都坐下之后，劳经理开始介绍团队成员。他说："演王子的这位是乌克兰人，叫亚历。"他解释说："在乌克兰语中，亚历就是亚历山大的意思。他的搭档叫罗萨。"二爷爷立即说："我知道，罗萨是玫瑰，是花中女王。"他用俄语把这意思讲了，几个外国客人都笑着鼓掌，还向他竖起拇指。

劳经理把另外几个女孩也一一介绍,并说还有一位今晚安排了约会,没能和他们在一起。最后,他指着坐在四宾位置的小伙子说:“他是白俄罗斯人,叫尼基塔,是个杂技演员,还会拉手风琴。看,他把手风琴也背来了。”

咸优优小声问劳经理客人们喝什么酒。劳经理小声说:“上红酒吧。”咸优优请服务员打开一瓶红酒给大家倒上。

等到热菜上来,二爷爷站起身来,用俄语说了一通欢迎词,而后举起酒杯大声说:“TOCT(干杯)!”外国客人也起身举杯,喊一声“TOCT”一饮而尽。

二爷爷敬完,咸优优问劳经理客人懂不懂英语。劳经理说:“有的懂,有的不懂。这样吧,你说汉语,我给你翻译。”咸优优说:“那好,我想给他们讲一讲我二爷爷的爱情故事。”

劳经理用俄语说了几句，外国客人都把目光投向了老爷子。老爷子老脸含羞，摆手道：“讲那些干吗？老掉牙的事情了。”

咸优优还是讲了，她讲一段，劳经理翻译一段。听到后来，外国客人的眼睛都湿润了。罗萨转身抱着二爷爷亲了一口，眼泪汪汪地说了两句话。劳经理翻译道：“罗萨说，老人的爱情太伟大了，我们为伟大的爱情干杯。”老爷子老泪纵横，举杯连声道谢。

酒喝干，再斟满，一瓶喝光再开一瓶。

这时，尼基塔起身把手风琴抱了起来，奏出欢快的乐曲，与同伴们放声歌唱。

他们唱的歌不仅咸优优听不懂，连二爷爷也听不懂。问劳经理，他说这是俄罗斯的流行歌曲。

二爷爷喝下两杯红酒,脸上现出红晕,以商量的语气和他们说了两句。随后,尼基塔的手风琴便奏起了舒缓深情的旋律,是《莫斯科郊外的晚上》。二爷爷开口便唱,客人们也一起唱。二爷爷的声音虽然有些沙哑,但他唱得有激情,很投入。咸优优深受感染,也跟着哼起来。

唱完了这一曲,客人们又跳起舞来。手风琴拉起迪斯科舞曲,王子和几个"美人鱼"全都离座,疯狂舞动。看着他们跳了一会儿,二爷爷喊道:"华尔兹!华尔兹!"琴声果然变成了流畅的圆舞曲,亚历和罗萨成对起舞,舞姿翩翩。二爷爷对孙女说:"真美呀,真优雅!"咸优优点头道:"是呀,真好看,特迷人!"

一曲终了,另一首舒缓的舞曲响起,亚历突然走到咸优优面前,向她做出邀请手势。咸优优慌了:

"我跳不好……"二爷爷却鼓励她,向她连连挥手。咸优优只好起身,让亚历搂腰抓手,她也将左手抖抖地放在了他的肩上。咸优优在大学里学过交谊舞,但跳的机会少,现在跟着亚历走了几步也就适应了。曲子是慢三,跳起来很舒服,美感十足。咸优优抬头偷看亚历一眼,发现他是典型的斯拉夫民族美男子,高鼻凹目,蓝色瞳孔似乎深不可测。让她想不到的是,亚历虽然面无表情,却用左手将她的手掌捏了一下, 像突然揌动了她身心的一个按钮,弄得她心脏直跳,晕晕乎乎。而此刻亚历又用托她后背的右手,带她旋转起来。行云流水,腾云驾雾,仿佛他俩就是宇宙中心,整个世界都在围绕着他俩旋转。

舞曲停止,掌声响起。咸优优向亚历点头道谢,晃晃悠悠回到座位。她觉得脸烧得快要熔化,不得不抬起两个手掌托住。

二爷爷指着咸优优同客人讲话,劳经理边听边翻译:“爷爷说,我孙女大学刚毕业,一边找工作,一边学潜水,扮演美人鱼,希望你们多多关照,给予指导。”外国客人听了纷纷点头,还转而向咸优优微笑,这让咸优优十分感动。她问劳经理:“客人们用微信吗?能不能加他们,便于我向他们学习?”劳经理说:“他们都用微信,会用翻译软件和咱们交流,可以加的。”

劳经理把咸优优的意思讲了,外国客人纷纷拿起手机,亮出二维码。咸优优万分激动,起身一个个扫码,一次次鞠躬道谢,并向他们逐一发出邀请,接着她端起酒杯,起身用英语说:“感谢各位朋友的热情,希望我们友谊长存。我很喜欢扮演美人鱼,刚刚参加学习,请各位多多指导。”

客人们纷纷和她干杯。

咸优优又加了劳经理的微信。这时她才发现，七个外国客人，已有六个通过了微信邀请，只有亚历没接受她的邀请。劳经理告诉她："我跟你说，亚历是个妻管严，罗萨不让他接触中国女人。"咸优优笑说："是吗？这样好，罗萨必须把他管住！"

客人们越喝越起劲，大多显露醉态。

劳经理小声说："差不多了，该撤了。"他响亮地拍拍巴掌说了几句，然后与外国客人集体起立，向咸老爷子鞠躬道谢。老爷子也向他们鞠躬，还没忘了将右手放在左胸上。

送走客人，到门口叫了出租车，在等待时，咸优优看看手机上的信息，突然想起二爷爷没加外国客人的微信，就问他为什么放弃这个机会。二爷爷说："我手机上的微信好友，已经有五十多个是死人了，让美人鱼的手机上不久后也增加一个，我损不损呀！”

咸优优一听，立即抱住二爷爷伤感起来。二爷爷抚摸着她的后背说：“好孩子，没事。有今晚这场宴会，爷爷死也瞑目啦。”说罢，他放开老嗓子唱起歌来。

咸优优听懂了，二爷爷唱的是《莫斯科郊外的晚上》。

六

咸优优考取了 PADI 基础美人鱼证书。从校长手中接到用英文印制的证书时,她很激动,立即在朋友圈晒出来,又收获了一轮点赞。

她想,我应该让罗萨看看,就给罗萨发了过去。宴会上加了微信之后,她怕打扰人家,没给罗萨发过一条信息。这次刚把照片发过去,罗萨立即发来视频通话请求。这大大出乎咸优优的预料,她哆嗦着手接通了,手机上立即出现一张有三个洞的雪白鬼脸,把她吓了一跳。原来罗萨在敷面膜。咸优优和她打了声招呼,罗萨便和她呱啦呱啦地说了起来。罗萨说的是英语,意思是祝贺你获得了 PADI 基础证书。咸优优刚向她道一声谢,罗萨却说:“不过,这个证书，仅仅代表了幼儿园水平，离真正的美人鱼表演者还差很远。”咸优优怯怯地问：“差多少？”罗萨说：“一个是幼儿园，一个是大学。”

罗萨对咸优优说：“咸，我给你发一个视频，你看看什么是大学水平。”接着，视频通话断掉，一个视频文件发来。咸优优发了个感谢的表情，立即观看。

这是八个美人鱼在一个很大的展池里表演，看样子是在国外，主持人说的是英语。水很深，她们一潜到底，聚成一堆，接着突然上浮，向四面八方散开。鱼尾五彩缤纷，飘飘荡荡，美得无法形容，她们的身体动作像鱼一样敏捷。更让咸优优吃惊的是，美人鱼们这时并没有浮到水面呼气，而是像遇到惊吓一样，急忙掉头下潜，分别游向左下角和右下角。原来展池的正上方出现了一个红鼻子小丑，拿着一个长杆渔网，动作与表情十分夸张。他潜到池底时，两组美人鱼突然像爆发似的鱼贯而出，一个跟着一个，箭一般射向斜上方，两组鱼在池中划出长长的对角线。那个小丑举着渔网左捕右捞，都是扑空，最后只好翻着跟斗上去，十分搞笑。

咸优优被这个表演深深震撼。不说动作与爆发力，只说憋气时间两分多钟就让她瞠目结舌。

她用英语给罗萨发去一段语音，说看了这段视频，无比崇拜，“与你们相比，我真是幼儿园水平”。

罗萨也发来一段语音，意思是她们学过花样游泳，还在莫斯科美人鱼学校里学习了一年。

咸优优说：“惭愧，我要向你好好学习！”

罗萨没有回话，咸优优也没再打扰她。咸优优心里想，我要好好练习，即使达不到她们那样的世界一流水平，也要拿到 PADI 进阶证书，获得美人鱼表演资格。

于是,她又向蓝梦潜水学校续交了学费,继续跟着教练学习;还买了海洋馆潜水池的年卡,以便随时前去苦练。

倪曼说,潜水是需要潜伴的,以便相互照应。她给咸优优安排了一个潜伴,竟然是冯姨。咸优优想,我还用她照应?面露不悦。倪曼则强调,潜伴非常重要,关乎性命。因为憋气时间过长,大脑缺氧,有可能造成昏厥;头部缺血,会导致视网膜缺血。倪曼说她在南方一个城市学习时,有个学员在水中昏厥,潜伴恰巧游到别处去了,那个学员慌乱中呛水死了。咸优优听了有些害怕,便转换笑脸叫了一声“冯姨”,表示接受。

咸优优没想到,冯姨已经练得很好了。她虽已人到中年,一到水里却成了一条灵活飘逸的美人鱼，咸优优游到哪里，她就跟到哪里。咸优优想起她小时候在游泳馆学习时，她妈刘春苹就是这样，生怕女儿有什么闪失。再看冯姨时，咸优优心中便涌出被母爱包裹那样的温暖。当然，潜伴的照顾是相互的，她也随时注意着冯姨的状态。好在二人都正常，一直没发生意外情况。

练了一会儿出水休息，咸优优到冯姨身边坐下，由衷地称赞她游得好。冯姨说："谢谢你鼓励我。"咸优优问她多大年龄，冯姨说："四十八了。"咸优优说："这么巧，您和我妈同岁。您这个年龄，怎么会想到学美人鱼呢？"冯姨说："这是我从小就有的浪漫梦想。"

冯姨说，其实，每一个女人心中都有童话梦，梦的内容五彩缤纷。她小时候每读一遍美人鱼的故事就哭一回，觉得那是世界上最凄美的故事。她甚至想，要是遇上了我心爱的王子，即使粉身碎骨化为大浪中的泡沫也在所不惜。哪想到，她遇人不淑，嫁了个男人整天酗酒，还有家暴行为，只好离了婚，自己辛辛苦苦把儿子带大。因为工厂效益不好，她四十五岁时就内退了。有一天，她为了散心去了海洋馆，看到美人鱼，童年时的梦想一下子占据了她的心灵。听说这里有培训学校，就报了名。为了方便学习，也为了挣钱给儿子买房，她还在海洋馆当了保洁工，住集体宿舍。她住在这里和女孩子们说说笑笑，感觉自己也变得年轻了。

咸优优问："您儿子不在家？"冯姨说："大学毕业了，在济南工作。""考上公务员了？""不，在一家企业。""哦……"咸优优松了一口气。冯姨问："优优，你考过公务员？"咸优优说："是呀，屡考屡败。"冯姨说："考公可不容易，竞争太激烈了。我跟儿子说，你能考就考，考不上也无所谓，世界上的路不只那一条。”咸优优将她一搂：“冯姨您太明智了，我爸妈要是跟您一样就好了。我跟您说实话，我想当职业美人鱼。”冯姨说：“好呀，我也想当，可惜年龄不饶人了。不过，我必须考下进阶证书，才有资格参加美人鱼表演。”咸优优说：“好，我跟您一起考。”

晚上来海洋馆潜水池的人很多，咸优优数了数，大约有二十个，男女老少都有。

男的有四五个，倪曼叫他们“美男鱼”，有的女鱼友却叫他们“公鱼”。公鱼赤裸上身，下身穿鱼尾服，只是没有女鱼友穿得那么艳丽。有一个肚子特别大的中年人是个老板，人称“邴总”。他手拿一把金色三叉戟，站在池边大叫：“我是海王！我是亚瑟！”咸优优一年前看过一部电影《海王》，忍不住发笑，心想，你这样子，也配自称海王？

邴总喊来倪曼教练，请她拿着相机下水，为他拍摄“海王称霸海底照”。倪曼笑着答应，端着相机和他一起入水。

咸优优也下了水，一边游一边想，人啊，就应该让生命有绽放的机会。这帮鱼友能把生活玩着过，还玩出花儿，玩出高级感、幽默感，真有意思。

七

盛楼通过了公务员面试，成绩还是第一，被正式录取。他把公示名单转给咸优优看，咸优优说："咱们应该隆重庆祝一下。"盛楼说："对头，去哪里？"咸优优说："到贵县琵琶湖玩玩好吗？"盛楼说："好，你在哪里？我现在就去接你。"

琵琶湖是平川县最大的水库，三面环山，风光秀美，离市区四十多公里。

盛楼早已在水库边订好了民宿，民宿依山傍水，一间一间各有特色。

咸优优进屋一看，里面是农居风格，挂了些苇笠、蓑衣等老物件，主卧室里是一盘大炕。她正欣赏着，就听盛楼说："优优，拿到证了，也玩够了，该再接再厉了。”

咸优优放松的心猛然紧绷起来，不高兴地说："你又说考公的事,你要知道,再接容易,再厉很难。古人说了,一鼓作气,再而衰,三而竭。”

“是很难,但咱们还是要再努力一把。”

“好吧,但我想把美人鱼进阶证书考下来,我不想被罗萨看作幼儿园小孩子。”

“你在乎她的评价干吗？”

“反正我要把这个证考下来。听校长说,下个月就请考官过来。”

“好吧,考完之后,国考就快报名了。”

咸优优将身体一转,背向盛楼嘟囔:“真扫兴。”

回到家中,咸科也说:“优优啊,盛楼马上光荣上岗了,你怎么办？”咸优优轻描淡写地说:“再考呗。”咸科将手一拍:“这就对啦!我的闺女岂能是等闲之辈？”

咸优优也想照盛楼说的，再努力一把，于是把用过的考公书籍摆在电脑桌上，做出备战姿态，然而刚摸过一本书，头皮就像过电一样，麻酥酥地难受。不想看，一点也不想看。她硬逼着自己翻开书面，刚看两段就要干哕，趴到垃圾桶上，却又什么也吐不出来。

不行，压力太大，必须减压去。咸优优下楼出门，径直奔向了海洋馆。下到水里，与外界隔绝，什么声音也听不到。她故意不戴面罩，眼前一片混沌，什么也看不到，她的神经系统全都放松，全身细胞无不活跃。

我是一条鱼，而且是美人鱼。子非鱼，安知鱼之乐？你们体会不到这种快乐，我和你们无法沟通！

于是，咸优优的一天天，都在海洋馆里度过。

咸科发现女儿没有投入备考，又和她谈话。上到时代需要，下到人生价值，推心置腹，让她一定振作精神，奋力拼搏。

咸优优说：“放心，我一定会参加这次国考的，但你让我先把美人鱼进阶证书考下来行不？”

咸科不理解：“那个证书有价值吗？”

咸优优说：“当然有。它会让我感觉到人生值得、世界美好。”

刘春苹听她这样说，面现惊恐神色，急忙给丈夫递眼色：“你让优优考，你答应她！”

咸科说：“好吧，你愿意考就考。”

咸优优走进卧房关上门，听咸科在外面叹气：“唉，这孩子三观出了问题。考不上美人鱼证，人间就不值得了？”

八

过了二十来天，咸优优如愿以偿。

那天，潜水学校请来了一男一女两位考官，女的在水中观察，男的在池边观察，对三十多个美人鱼进行考核。考完宣布，有二十二个通过，咸优优和冯姨都在其中。此时，冯姨高兴得像小姑娘，跳跃着说："太好了，太好了！我给儿子报喜！"打完电话，她回来跟咸优优说："儿子知道了特别高兴，说周末回来给我庆功。哎，小咸你也参加！"咸优优点点头："好的！"

有三个公鱼来考试，两个过了一个没过。没过的是邴总，因为肚子太大，泳姿太丑。此时，他正低着头站在池边沮丧。倪曼走过来大声说："各位鱼友别灰心，进阶不进阶，都妨碍不了咱们的幸福生活。大家看这片池水，多么清澈，多么温馨，这就是咱们的家园。我希望，无论男女老少，无论进阶不进阶，今后还要继续在这里团聚，在这里展示你们的美好姿态。我爱你们！”

邴总高举一只手喊道：“我们也爱你，教练。我还在伤心欲绝，求你进一步安慰，快抱我一下下！”他说那个“一下下”时，晃着大肚子做撒娇状。

倪曼嫣然一笑，在众人的起哄声中，过去安慰地抱了他一下。

这个证书到手，咸优优却没有在朋友圈晒出来，她怕咸科知道了，又要逼她复习备考。

冯姨的儿子周末回家，庆贺他母亲考取了美人鱼进阶证。冯姨叫了几个鱼友作陪，其中就包括咸优优。咸优优高高兴兴地答应了，还开车接上冯姨母子俩一起去饭店。

冯姨的儿子叫姚超,小伙子遗传了他母亲的身材特征,有点瘦小。咸优优目测他与自己等高,一百六十六厘米左右。姚超虽然眉清目秀,却有点木讷,脸上挂着微笑,很少说话。

冯姨向儿子介绍了咸优优,说她不光漂亮,还很聪明,别人练好几个月才考到的进阶证,她学了一个月就成了。咸优优苦笑道:“我哪里聪明?我是考公垃圾,家里人都瞧不起我!”姚超慢悠悠地说:“何苦非要考公?你上网看看,有多少公司在招聘,机会多的是。”

他们到了饭店包间,包括任大莲在内的三个鱼友已经等在那里。姚超向她们打过招呼,说他去点菜,问阿姨们有什么忌口的。任大莲将手一挥:“百无禁忌,你点什么咱吃什么!”冯姨说:“优优你也去，给他当参谋。”咸优优便和姚超一起去了点菜间。

面对大片菜品展样，姚超让咸优优点。咸优优笑道：“我是客人，客人点菜能合适吗？”姚超说：“那咱们一起当主人。”咸优优心里咯噔一下：原来这小子是个闷骚型的，用话试探我。你难道不知道本鱼已经有主了？她从兜里摸出手机，说：“我接个电话，你点。”

咸优优到外面把手机举到耳边，来回踱步良久，才回到点菜间。这里已经不见姚超，咸优优便上楼去了包间。等到菜上来，让咸优优暗暗惊奇的是，菜竟然都是她爱吃的。他怎么知道我的口味？可能是自己平时跟冯姨闲谈，冯姨记在心里，又说给儿子听的。想到这里，加上可口菜入胃，一种温暖浸润着她的身心。

大家喝的是姚超从济南带回来的一种白酒，说是用趵突泉的水酿造的。任大莲喝一口，说好酒好酒，每次举杯都要干掉。她过一会儿喝多了，眉飞色舞讲起八卦，说倪曼跟邴总有一腿。咸优优很吃惊，说："不可能吧？邴总那个模样，咱们教练能看得上？"任大莲说："看不上他的人，却看得上他的钱。那个姓邴的可有钱了，听说正在建一座七星级酒店。"冯姨说："七星级酒店？那得多么高级。"任大莲说："听他讲，对标迪拜那举世闻名的帆船大酒店。"姚超一笑："这就有吹牛的嫌疑了。那家酒店的总统套间，一夜收费相当于十二万人民币；最小的房间，也要一万元左右。在咱们这里，谁住得起？"大家纷纷点头："那是，没人住得起。"

任大莲又讲另一个八卦："俄罗斯美人鱼跟王子闹别扭了。"咸优优连忙问："是吗？你怎么知道的?”任大莲说,是她观察到的。那天,她在潜水池游累了,早早地出水休息,换上衣服到表演大厅看外国人鱼表演。她发现,以前美人鱼和王子表演都是带着感情的,要亲嘴那可是真的亲。可是现在很敷衍,嘴唇一碰就分开了。冯姨指着她笑:“大莲,你观察得真仔细,你可以当作家了。”任大莲挥着筷子说:“当作家我不行,我这本事,是当媒人练出来的。我这辈子就喜欢当媒人,牵线搭桥,撮合一对又一对。哎,冯姐有这方面需求的话,我甘愿效劳!”说到这里,她看了一眼姚超,再看了一眼咸优优。

咸优优见她这样,气鼓鼓地把筷子一放,又装作出去打电话。

冯姨急忙岔开话题:“来来来,别光说话,吃菜吃菜!”

吃完饭,咸优优送冯姨母子俩回家,车里气氛有些尴尬。恰巧盛楼来了电话，咸优优点了一下手机屏幕，甜甜地叫了一声“老公”。盛楼说：“优优，我给你搞到了考公秘籍，一本内部参考资料，马上发给你。”咸优优突然将声音提高了八度：“我不要！难道不考公就会死呀？”

盛楼沉默片刻，叹一口气：“唉，我本将心向明月，奈何明月照沟渠。优优，我知道你一提这事就烦，但你要明白，当上公务员，真的会让人生进入新境界。”

“什么境界？”

“优优，你需要了解这个职业。社会是需要管理的，人群是需要服务的。老百姓有难处，需要干部为他们解决；老百姓里有穷人，需要政府引领他们脱贫致富。公务员不仅仅是谋生的职业，更是真真正正地要为老百姓做事。我们单位最近要派两个人包村，我准备报名。”

咸优优说：“你讲的大道理，我早就明白了。我多希望我也考上，可以和你一起去包村，出大力流大汗，帮乡亲们种地、收庄稼！可……”

盛楼鼓励她说：“别气馁，再考！”

咸优优懒洋洋道：“再考虑考虑吧。”说罢就摁键停止通话。

九

考虑再三,还是不想考。咸优优实在不愿再次品尝落榜的滋味。

那找一份工作就业吧,她上网看了看,招聘的单位果然很多,本地就有。她选了几个白领岗位投了简历,多数没有回音,只有一个家具厂让她去面试。她去了之后,那位女面试官用尖锐的目光看她,要求她回答一些问题。问到有什么抱负和理想,咸优优说:“你让我说实话对吧?”“当然要说实话。”“那我说了,我想当职业美人鱼。”

面试官面现冷笑:“当美人鱼,去海洋馆呀,到这里干吗?”

咸优优走出来,心想,古人嘲笑傻子缘木求鱼,我就是这种傻子。既然发自内心地想当人鱼，我为什么还要到这些地方来？

对了，面试官让我到海洋馆，但是本市海洋馆的大展池已经被外国人鱼霸占，就连倪曼这样的高级美人鱼也去不了。我能怎么办？只好看外地的海洋馆有没有招聘的。

没想到在网上一找，咸优优还真找到了。南方一个大城市的海洋馆在招聘进行潜水表演的美人鱼。任职要求：五官端正，形象良好；会潜水；有耐心和爱心。工资及福利标准：每月七千元（具体面议）+餐补+全勤奖+提供住宿。年龄：十八至四十岁。咸优优想，待遇挺好，我百分百够条件呀。报名！

但她马上想到了盛楼。到南方去，就要离开他了，这怎么能行？我俩称不上青梅竹马，也是从初中就好上的，连上大学也必须考到一个城市。他到七十公里之外的平川上班我都受不了，怎么能与他相隔万水千山难得一见？

不行，我不能离开海晏市。咸优优想，当不上职业美人鱼，就在海洋馆找份工作。我可以当饲养员，在大展池里、在海底隧道游来游去，那样也能亲近海洋生物，近乎人鱼啦。

对，就这样。咸优优精神抖擞，立即驱车前往海洋馆，到人事部一问，饵料岗正缺人。部长得知她有美人鱼证书，说："这个岗月薪四千二百元，提供食宿，你看可以吗？"咸优优说："可以。"部长说："好的，你办理入职手续吧。"

填好表，部长把饵料经理叫来，领她上岗。经理是个男的，姓寇，三十出头，肌肉发达。他先带咸优优去集体宿舍，走到楼后的一排活动板房，打开一间房门。咸优优进去一看，屋里安着两张床，一张床上整整齐齐叠放着铺盖，床头柜上有女孩子用的化妆品。墙上贴的照片，是个长相一般却满脸笑容的女孩。经理说："这个女孩不会潜水，负责配料。"咸优优问："我家就在市里，偶尔回去住，可不可以？"经理说："只要不耽误值班，是可以的。"

看完住处，经理带她去看岗位。刚走进露天展区，就听见"呱、呱、呱、呱"，接着是"啪、啪、啪、啪"。咸优优问："这是什么在叫？"经理向前面一指："斑海豹。整天这样讨食吃，有点烦人。"咸优优过去一看，只见水池里有五六只海豹，最大最胖的一只趴在岸边，昂着头，抖动着胡须，瞅着游客不停地叫，还拿一只翅膀拍击自己的肚子，发出啪啪的响声。

咸优优也觉得它烦人，就问："我要不要负责喂海豹？”经理摇摇头：“不，你的岗位在海底隧道。”说着把她领进一扇大门。

一进去，咸优优就发现这是她和盛楼来过的海底隧道，蓝盈盈的世界里，各种鱼类游来游去。有两条鲨鱼从另一头游过来，凶相毕露。

经理看看鲨鱼，又侧过脸打量了一下咸优优，突然将脑壳一拍：“我来灵感了！你身材好，又有美人鱼进阶证书，在海底隧道走秀行不行？虽然还是遛鲨鱼，但装扮成美人鱼的样子，来个‘与鲨共舞’！”

他兴奋地向咸优优讲，海底隧道有两条鲨鱼，每天需要饲养员遛，用饵料引诱它们游来游去，免得它们太胖。原来遛鲨鱼的是个小青年，从开馆起就干这活儿，前些天突然辞工走了。“你来顶替他，变变花样，让游客更喜欢这里。”

咸优优说："经理您这创意很好，我学了美人鱼表演，很想有机会，想不到您给我提供了。"

"小周，小周！"他喊来一个女孩，让她带咸优优去换衣服，然后到展池上面。在和女孩去潜水池的路上，咸优优问她在这里干什么，女孩说看鱼。咸优优觉得奇怪："还有看鱼的？"小周说："我是巡视员。平时的工作就是在海底隧道来回观察，看海洋生物有没有异常，有异常马上报告。"咸优优问："你会潜水吗？"小周说："会。有时候饵料岗缺人，我们也下水撒食。"

到了潜水池旁边的屋里，咸优优打开自己的橱柜，换上泳衣，又把脚蹼和鱼衣带上，跟着小周回到大厅，坐电梯上到三楼。

三楼有一个面积很大的水池，里面多处有气泡冒出。咸优优问："这就是美人鱼表演的地方？"小周说："是的，从下面大厅里看，它是一个超大玻璃缸，实际上它三面是水泥墙，只有前面是亚克力玻璃。"

"美人鱼下班了？""嗯。"

寇经理穿着泳裤来了，手提两套潜水设备、两副脚蹼。他给咸优优讲解了一些注意事项，还特地叮嘱她，不能化浓妆，那样会破坏水质，影响海洋生物的生活。咸优优点头答应。而后寇经理穿双蹼，咸优优穿单蹼、鱼衣，一起下水练习。

终于来到这个展池，终于和美人鱼一样了！咸优优下水后想。她猛一发力，几乎潜到了底部。身边有银鱼、鳐鱼等等来回穿梭，身下还有一只大海龟趴着。她靠近玻璃墙向外看，看见大厅空旷无人，心想，要是盛楼在这里看我，会是什么感觉？

她突然有了异样的感觉，耳朵像坐飞机起飞时那样，嗡嗡作响。寇经理游到她面前，双手握拳，两根拇指朝上。咸优优看懂了他的手势，立即上浮到水面，抓住安全绳，摘下面镜，大口大口喘气。寇经理浮上来说："潜到深处，水压太高，需要经常练习才能适应。海底隧道的水压低，对你来说不会有问题。小咸，刚才我观察好了，你很棒，明天来上岗吧。"

回家吃晚饭，老妈给她烙了两张香喷喷的油饼。咸优优正吃着，咸科问她今天到哪里去了，她说在海洋馆。咸科用焦灼的目光看着她："你天天泡在那里，还想不想考公了？"咸优优反唇相讥："你天天唠叨这事，还让不让我吃饭？"咸科说："你要是扎扎实实备考，我还唠叨？"咸优优不再吭声，埋头吃饼，吃完，抓过纸巾擦擦嘴，就回了卧室。

隔着门板，她听见老妈说："你又倒酒！血糖越来越高了，还不收敛？"咸科叹一声："唉，何以解忧？

唯有杜康呀……”

夜里，咸优优成了一条被热油煎着的鱼，在床上翻过来翻过去，一直不能平静。

她想起了一个传说：海里有鲛人，落泪成珠，她上岸后得到一户人家的照顾，就哭出许多珍珠答谢人家。咸优优伏在枕上哭呀哭呀，也想哭出珍珠来报答父母的养育之恩。她哭一会儿用手摸摸，珍珠没有，只有湿透了的枕巾。

醒来时已经上午八点，咸优优打开手机，看到母亲在微信上留言：“优优，我们上班了。高压锅里有粥，炒锅里有煎蛋，饭桌上有油条，你吃了，好好备考。”

咸优优流着眼泪吃完，回卧室在一张纸上写：“爸、妈：我思来想去，还是不考公了。我已经在海洋馆找到工作，那里管吃管住，晚上就不回来了，你们保重。不孝女优优。”

她收拾了一些衣物装进箱子，把那张纸放在客厅茶几上，拉着箱子走了。

十

海底隧道成了咸优优的舞台。每天海洋馆开门纳客之后，她便全副武装入水，在里面游来游去。她的“武装”，包括鱼衣、面镜、饵料袋和一把匕首。匕首是插在腰间的，鞘和鱼衣同一颜色，不注意看不出来。这是寇经理让她带上的，他说：“这里的两条鲨鱼训练有素，不会伤人，但是带上匕首以防万一。我给你配了潜伴，他跟在你的后面，有紧急情况会救你的。”

潜伴是个叫舒亮的帅哥。下水前，舒亮向她竖起大拇指，意思是：放心，万无一失。

想不到，第二天就出现一个反常情况：她正撒着虾仁，引诱鲨鱼跟她走，不知为何，两条鲨鱼竟然停下来相互纠缠，动作猛烈，吓得其他鱼类纷纷躲避。咸优优吓坏了，赶紧抽出匕首，一边逃走一边回头张望。舒亮赶紧从鲨鱼后头游到前面，将它们与咸优优隔开。到了出口，咸优优赶紧爬上去摘掉面镜大喊："鲨鱼打架啦！鲨鱼打架啦！"配料员小王正好在那里，捂着嘴笑。她说："你笑什么？幸灾乐祸。"小王说："那是鲨鱼在交配。"咸优优恍然大悟，有些尴尬地吐了吐舌头。

知道自己遛的鲨鱼是一对情侣，咸优优在工作中更有感觉了。她像美人鱼那样游动着，引领它俩从这头到那头，从这边到那边。在水中看，海底隧道的长廊就像一个大气泡，气泡里有一些人或站或走，在看她和她的水中伙伴。水中一片静谧，观众似乎在说笑，咸优优觉得，自己跟他们不是一类生物。我就是一条美人鱼，自由自在的美人鱼。来吧，我的朋友，快跟我走，我们在人类的观赏下展示美丽，展示力量……

到了周末，海底隧道里的观众更多，咸优优更来劲了。她引领一对鲨鱼在这一边游一会儿，再越过人们的头顶到另一边。透过面镜，她看见许多观众指着他们，小孩子们甚至在欢呼雀跃。

她正兴奋地游着，低头一看，人群中有两张脸向她仰起，还抬手召唤。

是老爸老妈！

咸优优一下子慌了。她想躲开他俩，便向隧道的另一头游去。然而，她游到哪里，父母就跟到哪里，刘春苹还频频抬手抹脸，分明是泪流不止。

咸优优也哭了。她视线模糊，凭记忆向出口游去，一爬上去赶紧卸掉身上的装备，换上平常衣服，跑向电梯。

电梯打开是顶楼。头顶是蓝天白云,东面几百米之外是大海。此时似乎在涨潮,白头浪一波一波往这走,向她表示慰问。咸优优曾听说过,海洋馆与海之间埋设了管道,馆里所用的海水都来自那里,只不过需要消毒、加温。咸优优想,这会儿如果能找到管道口,进去后逆流而行,到大海里藏下,再不回来有多好。

但是,母亲的泪眼又闪现在眼前。她喊了一声:“妈……”蹲在地上痛哭起来。

不知何时,小周来了。小周蹲到她身边说:“估计你在这里,果然是。你怎么啦,遇到了什么事情?”

咸优优向她讲了父母不让她干这工作,今天找到了这里。小周叹气:“可怜天下父母心。他们既然来了,你下去见见他们吧。”咸优优摇头:“我不见,我坚决不见!你跟经理说一下,我稳定一下情绪,下去继续工作。”

过了一会儿，咸优优下楼，再次入水。她注意到，观众群里已经没有了父母的身影。

下班后，咸优优看看手机，微信新消息有许多，但没有一条是父母的。这就怪了，难道他们并没来海洋馆，看到的只是幻觉？还是他们伤透了心，忍痛割爱，要抛弃她啦？

想到这里，咸优优十分痛苦。到了宿舍，室友不在，她趴在床上一直哭，连晚饭也没吃。

忽然有人敲门，咸优优擦干泪水去开门，门外竟然站着三姑咸卓娅。三姑身后的寇经理说：“小咸，咸副局长来看你啦。咸副局长，你们说话，我回去啦。再有什么事，你不用找馆长，直接打我手机就行。”

三姑向他道了声谢，提着一个大饭盒走进屋

里。咸优优认出那是她家的饭盒,也闻到了葱油饼的香味儿。三姑把饭盒向她手里一递:“你妈让我带给你的。”咸优优接过来,点头道:“谢谢三姑,谢谢老妈。”接着打开饭盒,拿出一块饼就吃。

三姑坐在咸优优对面,看看她,再打量一圈屋里的陈设,突然扑上来抱住她。咸优优把口里的饼咽下去,举着两只油手说:“三姑,你别这样,我挺好的。”三姑把她放开,站在她面前,拿指头点着她的脑门狠狠地道:“好什么好!你在海洋馆泡久了,脑子进水了!”

咸优优坐着不动,也不吭声,心里说:你训吧,你尽管训。

三姑在两床之间来回走动,边走边说:“我很悲哀,非常悲哀!我无论如何也想不到,咱们咸家的后代会沦落到这个地步!”

咸优优不服，歪起脑袋看着三姑："我这就叫沦落？三姑，请你注意措辞。"

"这措辞还算好的，体现了我的超强隐忍力！优优，你知不知道这个社会是有等级的？你知不知道，社会分为主流社会和非主流社会？人往高处走，水往低处流。你偏偏要往水里钻！你在水里一天天泡下去，放弃考公的金光大道，这辈子能进入主流社会吗？如果进不了，那你就会过一辈子非主流的生活！"

咸优优气鼓鼓地说："主流社会、非主流社会，都是你们人类的。"

"你们？你不是人类啦？真把自己当作一条鱼？以后还过不过人的日子？"

咸优优忍无可忍，向她挥手："我不听你这些，你快走！快走！"

“道不同不相为谋。东风灌驴耳，不进反狂鸣！我走，你就当你的鱼吧，有你后悔的那一天！”三姑把脚一跺，转身走出房门。

十一

这是我自己的选择，我愿意，我快乐。三姑走后，咸优优经常在心里念叨这话，给自己打气。

她认真工作，与鲨鱼相处得越来越融洽，配合默契，不时做出各种动作，让观众惊喜赞叹。看到巡视员拍下的小视频，她也为自己和鲨鱼的精彩表演感到骄傲。

一周过去，寇经理和她说："馆长听说海底隧道这一段时间挺红火，很高兴，决定给你加薪，每月多发八百元。"咸优优道过谢，心想，我现在一个月挣五千元，超过盛楼这个公务员的工资了。

晚上咸优优与盛楼通话，想给他一份惊喜。然而听说了这事，盛楼反应平淡，只说了一句"挺好的”。咸优优问：“你怎么样？”“也挺好的。”

都挺好，可是这个通话气氛不太好。以前可不是这样，盛楼与她说起话来滔滔不绝，妙语连珠，一个话题接一个话题，有一个晚上甚至创造了连续通话六小时的纪录，最后实在困得不行了才结束。现在怎么成了这个样子？咸优优懒得追问，心想，就这样吧，都挺好就都挺好，等见了面再说。

一个傍晚，咸优优下班后回到宿舍，发现刘春苹站在门前，手里提着一个饭盒。她知道这是给她送的葱油饼，心中感动，立即跑过去将老妈抱住，两串眼泪滴到了老妈的肩头。刘春苹也哭了，说：“优优，你不回家，可把我和你爸折磨毁了。”咸优优连声说：“对不起，对不起……”

把刘春苹带到屋里，咸优优倒了一杯水给她，自己打开饭盒拿出了葱油饼，咬了一口，边嚼边说：

“嗯,这就是老妈的味道,太好了,太好了……”

她把自己加薪的消息说了，得到刘春苹的表扬:“我的女儿,就是优秀嘛。”

咸优优立即警觉起来:“妈,你不会再让我考公吧？我就是在水里优秀,一上考场就完蛋！”

刘春苹说:“你别这么紧张,我不会逼你。但,你爸磨不下面子。这两年,同事的孩子有考到北京的,有考到省城的,再不济也考上了本地的公务员。单位同事一说起这些事，他就灰溜溜地哑口无言,他晚上回家就喝酒,用酒精麻痹自己。”

咸优优望着门外的夜空说:“谁叫他摊上个不争气的闺女呢。不过,请你转告咸科,我是王八吃秤砣——铁了心地不再报考。”

刘春苹说:“你爸知道你的脾气，劝不动你,可他还是惦记你。听你姑说,你住在这种地方,他难受得不行，让我过来给你送钥匙。你不想回家，就到新房子里住吧。”说着，从包里掏出了一把钥匙，递给女儿。

看着这把钥匙，咸优优大为感动。父母几年前就在观海小区买了一套海景房，说万一男朋友那边买不起婚房，就让他俩在那里结婚。这次他们把钥匙送来，肯定是经过了痛苦思考才做出的决定。

我接不接？本来想不接，但想到她和盛楼连个约会的地方也没有，咸优优说了一声“谢谢老爸老妈”，就接了过来。

第二天晚上，咸优优开车去了新房。她进门开灯一看，屋里布置得很好，家具、电器，一应俱全；到主卧室看看，一张大双人床已经铺好，两床被子整整齐齐地叠放在上面。咸优优再也控制不住，扑上去哭了好长一会儿，然后发微信向老妈道谢，说自己来到新房了,感谢老爸老妈。

她起身用手机拍照,拍了卧室拍客厅,拍了厨房拍卫生间。拍完把照片发给盛楼,盛楼问:“这是哪里?”咸优优说:“父母给我买的新房,周末晚上,你来看看吧。”盛楼却说:“周末加班,不能回城呀。”咸优优说:“好吧,那本宫天天在此等你。”

第二天是她的休息日,咸优优决定回家看看父母。上街吃过早点,她估计父母都已经上班,就到商场买了一箱好酒和一盒进口化妆品,抱回家中放下,又拿了几件衣服回来。中午,刘春苹打电话给她,说看到闺女回来,老两口儿高兴坏了,但不用给他们买东西。她又问:“你想不想吃葱油饼?想吃的话晚饭回来吃。”咸优优立即说:“要的要的!”

傍晚下班,她果然吃上了老妈烙的葱油饼,一家三口其乐融融。从此,咸优优隔三岔五就回去一次,像出嫁的闺女回娘家一样。

三周后,她等来了盛楼。二人闹腾了一会儿,走到落地窗前,撩开一角窗帘,看着海边的灯塔和被灯塔照耀的海面,听着隐隐的涛声,咸优优说:“多么美好。过几年你调回来,咱们天天在一起。”

盛楼说:“我本来也这样想,但下到基层之后,才知道这是天大的难事。”

“为什么?”

“现在组织部对干部的升迁调任管理很严格,即使能调回来,也需要很长时间。”

咸优优将他一搂:“没关系,两地分居也好,小别胜新婚。对了,咱们还没结婚呢,嘻嘻……”

十二

海边下过两场雪，春节到了。外国人鱼继续在海洋馆的展池里表演，咸优优也在海底隧道里与鲨鱼共舞。这两处的水温，一直保持在二十五摄氏度，温暖舒适。

腊月二十九，咸优优下班后，寇经理告诉她，馆长明天晚上请美人鱼团队吃年夜饭，安排在友谊酒店，让她也参加。咸优优愉快地答应了！

她打电话告诉老爸老妈，咸科打着官腔说：“很好嘛，这说明，咸优优同志表现优秀，引起了馆领导的特别重视。我和你妈虽然不能和你团聚，但还是很高兴的。”刘春苹说：”我包好饺子，大年初一早晨等你回来吃！“

除夕下午，海洋馆闭馆，咸优优想约盛楼到新房一聚，盛楼却说他在单位值班，不能回城。咸优优只好一个人在新房里躺到下午五点，开车去了酒店。

到了二楼包间，看见大桌子周围空无一人，咸优优正在发愣，听到木雕屏风那边有人喊：“小咸，到这里来！”她过去看，原来这里还有一个空间，头发花白、胡子花白的馆长正坐在沙发上。咸优优坐下后说：“谢谢馆长。”馆长爽朗地笑道：“咸优优，感谢你的表演为海洋馆增光添彩。今晚请你参加这个宴会，是想让你和美人鱼团队见个面，建立联系，多多交流，以便你进一步提升表演水平。”咸优优笑道：“我们早就见过面，还加了微信。”馆长说：“那更好，今晚一起欢聚，加深友情。”

外面传来欢声笑语，美人鱼团队来了。馆长起身迎接，与他们逐个拥抱。咸优优与罗萨相见，也格外激动，与她拥抱、贴面之后，牵着手久久不放。

等到大家都入座后，馆长致辞，说："感谢美人鱼团队，你们从遥远的欧洲大陆来到中国，在海晏海洋馆长驻，为上百万观众带来了美的享受。我们中国人有句老话，'大年五更吃饺子，没有外人'，意思是除夕夜坐在一起吃饭的，都是自己的家人、亲人。来，春节快乐，干杯！"

"干杯！干杯！"大家起身，纷纷喝光杯中酒。

劳经理举杯答谢，说："我代表团队感谢海晏海洋馆，为我们的表演提供了上等的表演场所和后勤服务。当然，馆长能够准时发放工资，还加发奖金，也极大提高了演员的工作热情。我跟他们商量好了，春节期间海洋馆闭馆，他们回到各自的国家休息一段时间，再续签各人的工作签证。"

馆长说:“好！咱们继续合作！继续共赢！”

正月初三,外国人鱼全都走了。劳经理和馆长、咸优优一道把他们送到机场。在安检入口,双方深情道别。馆长与他们一一拥抱,说:“希望你们早日回来。”罗萨、亚历和其他同伴红着眼圈说:“我们一定回来,等着我们！”

十三

大部分员工回家过年了，只有咸优优每天照旧回来看看她的鲨鱼。

因为没有人来海洋馆，海底隧道空空荡荡的，咸优优这才意识到自己只是一个负责遛鲨鱼的饲养员。

这天咸优优正遛着鲨鱼，馆长出现在隧道里。咸优优笑着向他摆摆手，馆长也向她笑着摆摆手。过一会儿她出水休息，寇经理过来说："你每天回来遛鲨鱼，馆长看了很感动，让我把你的岗位换到展池，一边喂鱼一边练习，为开馆后表演美人鱼做准备。"咸优优喜出望外："这是不是说，等到再开馆，我就可以在那里表演了？"经理说："肯定是，你想，外国人哪能来得那么快。”

当天,咸优优就兴冲冲地去了大展池。她穿鱼衣下水,呼足一口气下潜,一潜到底,而后做了一连串空翻才浮到水面。另一个没有回家过年的男饲养员小郑向她竖大拇指,她做了个“OK”手势,表示感觉良好。她浮上水面,向小郑大声道:“哈哈,这才叫‘海阔凭鱼跃、天高任鸟飞’!”小郑说:“你今天霸屏了,如果大厅里有观众就好了!”咸优优说:“我必须像有观众那样练习,这样等到开馆那天,才对得起观众。”

回家后咸优优打开手机，看到罗萨发来消息，说她和亚历已经到了莫斯科，打算住一段时间,再去办理续签。咸优优回复自己很想念她,期待她早日回到中国。

从此以后,罗萨与咸优优经常联系,说她和人鱼姐妹们虽然回到各自的国家，相距很远，但都很怀念在中国的经历，想念中国的朋友。咸优优说："我也非常想念你们，希望你们早点回来。"罗萨说："是呀，我们都盼望着那一天。"

这天，罗萨突然发来了一个小视频，咸优优打开一看，原来是她和亚历在对着镜头唱歌。这首歌是三拍子，类似圆舞曲。看画面上打出的中文字幕，这首歌叫《纺织姑娘》。咸优优发微信给罗萨说唱得真好。罗萨接着与她视频通话，说她和亚历想起咸爷爷请美人鱼团队吃饭，觉得老人特别可敬可爱。但是，咸爷爷请他们一起唱歌，他们没有积极响应，冷落了老人。现在有空了，他们唱一首歌给老人表示道歉，做些补偿。

咸优优听了她的话十分感动，代表二爷爷感谢他们，并说马上把视频转发给二爷爷。

她把视频转给二爷爷之后,很快收到了他的微信:“感谢他俩记得我,他们唱得非常好,我也放给你二奶奶听!”

第二天早晨六点多,咸优优突然被电话吵醒了,接起一听,是三姑。三姑用焦急的语气说:“优优,我觉得你二爷爷出事了。”咸优优急忙问:“怎么了?”三姑说:“我每天早晨六点都要给他发‘爸爸早安’四个字,他马上回我‘闺女早安’,从来不超过五分钟。但是今天早晨不知道怎么了,十分钟还没回信,打电话也没有人接。”咸优优也着急起来:“那怎么办?对了,盛楼在那里,我让他先去看看。”三姑说:“好吧,你让他马上过去。我已经和你爸说了,让他马上回平川。”咸优优说:“我也去,我开车!”三姑说:“好吧,你先接上你爸,再来接我。”

咸优优打通盛楼电话,说了这事,接着下楼开车，接上了父亲和三姑。刚刚出城，咸优优就接到盛楼电话："优优，我到了爷爷门口，但是敲不开门。"三姑抢过电话说："小盛，我授权给你，你喊开锁匠把门打开！"

盛楼又来电话，说他进门了，爷爷正坐在桌子旁边，无论如何也叫不醒。三姑让盛楼把手机放在老人耳边，连声喊："爸爸！爸爸！我马上到家了，醒醒！"但电话那头始终没有回音。三姑大哭："爸……"

进了平川县城，来到二爷爷住处。咸优优看见，二爷爷果然坐在桌子边，背靠椅子，脸向着墙上。墙上有二奶奶年轻时的照片，美丽而高雅。

三姑伸手去试老人的鼻息，咸正握着老人的手腕试他的脉搏，两人相继摇头，而后一同跪下，哭着磕头。

咸优优擦擦泪水，拿起桌子上二爷爷的手机，

发现上面正是罗萨和亚历唱歌的视频。她轻轻一点,这对青年男女的歌声立即响起:

在那矮小的屋里
灯火在闪着光
年轻的纺织姑娘坐在窗口旁
年轻的纺织姑娘坐在窗口旁
她年轻又美丽褐色的眼睛
金黄色的辫子垂在肩上
金黄色的辫子垂在肩上
她那伶俐的头脑
思量得多深远
你在幻想什么美丽的姑娘
你在幻想什么美丽的姑娘

十四

转眼过了假期，上班第一天，馆长把蓝梦潜水学校戚校长、寇经理、咸优优、靖主任叫到他的办公室，说："准备恢复美人鱼表演。"咸优优心直口快，说："这么快，美人鱼团队还没回来呢。"馆长说："美人鱼团队中的好几个人签证出了问题，一时回不来了，我们只能组建自己的表演队。我考虑，从潜水学校的教练和学员以及饲养员群体中，选拔一些有基础的进行训练。"戚校长和寇经理都说好，咸优优已经激动得说不出话来。她想，我的心愿终于要实现了，我终于要成为职业美人鱼了！

馆长接着说："咱们就叫美人鱼表演队，由咸优优担任队长。"咸优优很吃惊："馆长，您让我参加表演就行了,我哪有资格当队长? 倪教练水平高,让她当不好吗? ”馆长冷笑一下:“她走了,攀高枝去了。”她问:“去哪里啦?”戚校长脸上现出鄙夷的表情:“到邴总那里当副总去了。” 咸优优点点头:“哦……”

馆长吁出一口气,接着说:“请主任负责起草一份美人鱼表演队招聘方案,你们看看,如果没有意见,就在工作群、鱼友群和网络上公开发布,让潜水爱好者报名。”几个人听了,纷纷点头。

下班后,咸优优把这消息告诉了父母,父母都很高兴,说闺女出息了。但她告诉盛楼时,盛楼还是不冷不淡地回了一句“挺好的”。

选拔美人鱼表演者的启事发布后, 反响强烈,报名的很多,共三十六人,有本馆的工作人员,也有社会上的鱼友。咸优优看到冯姨也报了名。晚上到食堂吃饭的时候遇见冯姨，咸优优说佩服冯姨的勇气。冯姨笑道："优优你别笑话我，我虽然是老太太了，但也想圆梦。即使考不上，能在大展池里演一回美人鱼，也算实现了梦想。"

考核那天，评委由馆长、戚校长、寇经理、咸优优四人组成。靖主任在展池上方组织报名者抓阄，让他们依次入水，每人最多下潜三次，总时长不超过五分钟。评分标准，主要看闭气时间和美人鱼动作。

应试者戴着面镜，只在腰间挂了号牌，但咸优优还是认出了一部分人，因为在一起练习了好久，各人的身体特征与潜水动作给她留下了印象。一个叫蒋湘湘的女孩特别出众，能屏气一分半钟，动作也非常优美，咸优优给她打了高分。一个姓孟的中年女人是典型的蝴蝶臂，胳膊下方垂着两大片肉，竟然也报名入水。寇经理看得忍俊不禁:“这是鱼呢,还是鸟呀? ”低头打了一个很低的分数。

冯姨下水了,她花白的头发染成棕黄色。让咸优优想不到的是,这一段时间冯姨进步很快,一招一式都给人美感。看看手机上打开的秒表软件,冯姨屏气七十四秒,也及格,她给冯姨打了八十六分。但是最后的计分,冯姨是第十七名,没有进入十二个人的选拔名额。

选拔出的这些人,馆长给他们开了个会,宣布咸优优担任队长,让各位队友在队长的带领下认真排练,争取在表演第一天就给观众惊喜。如果表演成功,海洋馆就和每个人签订劳动合同,每月四千六百元,再加五险一金。

吃晚饭时, 咸优优特意到冯姨面前向她道歉,说不好意思。但冯姨并不介意,说:“我这年纪,怎么可能跟青春女孩在一起表演？今天进了一次大展池，我已经心满意足了。”

表演队开始训练，咸优优对队员的要求十分严格，发现动作不到位，就一遍遍练习。有人累了烦了，声称要“重新做人”就退出表演队，找别的工作去了。剩下的人，咸优优给他们讲自己学美人鱼的经历，说想做美人鱼，一定要对这个工作非常热爱，不然很难坚持下来。热爱这一行，又不怕吃苦，就能在这一方水中实现人生价值。

练习了一个星期，新组建的美人鱼表演团队终于排练出了几个节目。一个是《人鳐缱绻》，八个女孩潜下去，与几只大鳐鱼混在一起游来游去。一个是《莲花盛开》，六个女孩下水，潜游片刻，向中央靠拢，尾巴聚集，形成花朵；而后分成两组，二人相接，组成两个圆圈，另外两人穿圈而过。再一个就是《美人鱼》，照抄了罗萨和亚历的节目，由咸优优和舒亮表演。

咸优优让别人在大厅里拍了视频，看后总觉得还不完美。她想，师傅拙，徒弟弱，海晏市的大王是谁？是倪曼。倪教练经常在环海大酒店那里表演美人鱼，咸优优决定带大家去现场观摩。

第二天中午，咸优优带领几位女孩去了环海大酒店。等了一个多小时，她们看见电梯里走出了一群人，其中有邴总、倪总。他们似乎全喝多了，邴总步态不稳，倪曼小脸通红。倪曼向邴总央求："邴总，我喝高了，就不下水了吧？"邴总却以不容商量的口气说："不行，君子一言，驷马难追！我已经向贵客承诺了，你快给我上！"

倪曼只好低头疾步，走进玻璃缸旁边的一个小门。很快，玻璃缸里冒泡，倪曼下水了。邴总急忙陪客人近前观看，咸优优等人也跟在后面。倪曼穿的鱼衣特别漂亮，闪着金光。倪曼果然技艺超群，她做了几个动作，贴近玻璃给客人们一个飞吻。客人们兴奋地鼓掌，边鼓边说："饱眼福了，饱眼福了。"

倪曼上去片刻，再次下潜，但她刚刚转体向上，突然将嘴一张，吐出大量秽物，接着又吐一口。秽物在缸里快速扩散，令人作呕。有的客人惊呼："她吐酒啦！"有的客人捂嘴躲开。邴总指着缸里骂道："关键时刻掉链子！"

咸优优看见缸里景象，也觉得恶心。但她发现，倪曼并没有上浮，反而在水中下沉。她急忙跟着大堂经理跑进小门，沿楼梯蹿上去，一头扎进水中。她潜到倪曼身边，抓住她的头发提起，二人一同浮上水面。

下面观看的人上来了一些。大堂经理全身颤

抖，让同事赶快送倪总去医院，并把咸优优领到楼上一个房间，打开淋浴让她冲洗。

咸优优洗净身上的秽物，换上大堂经理拿来的衣裳。看见同伴们都来到房间，她一边用电吹风吹头发，一边看着她们道："姐妹们记住，咱们就是穷得要饭、卖血，也绝不到这种地方献丑！"

十五

咸优优和罗萨视频通话，说："海洋馆组建了临时表演队，等到你们回来，让观众再观看你们的精彩演出。"罗萨说："亲爱的，即使团队再组起来，我和亚历也不会回去了。"咸优优问为什么，罗萨拍拍自己的肚子，脸上洋溢着幸福："这里面有了一条'小鱼'。"咸优优十分惊喜："啊，你们要有孩子啦，太好了，祝贺你们！"罗萨说："谢谢，我的预产期是圣诞节前后。我和亚历计划好了，等到明年春天，我们一起去乌克兰，让亚历的母亲看看孩子。我前年去过亚历的家乡，那是一片平原，长满绿油油的麦子，非常漂亮。"

咸优优想请罗萨指导一下表演队。罗萨满口答应，说："你把视频发过来。"咸优优就给她发去了几段视频，都是他们排练时拍下来的。罗萨看后，一一点评，哪个故事情节需要改动，哪个动作需要完善，非常中肯。尤其是对咸优优与舒亮合演的《美人鱼》，她指点得更为认真，说："你们的情感表达没有发自内心，肢体的接触还过于拘谨，必须像一对热恋的情侣那样投入。"咸优优领教过罗萨的傲慢和对她技术上的碾压，没想到她现在竟然这样有耐心。看到罗萨和她说话时下意识地用手抚摸小腹，她便悟出了原因：因为有孕，所以温柔。

第二天，咸优优把罗萨的指导意见传达给队员们，大家的表演水平飞快提升。美人鱼团队初次亮相，一个上午就表演了三场，每一场都赢得观众的热烈掌声。当然，他们在水中是听不到掌声的，但隔着玻璃能看到观众拍巴掌，向他们竖起大拇指。馆长也特意乘电梯到楼上,向刚刚出水的人鱼们表示祝贺。

晚上，咸优优给盛楼发去他们的演出视频,很快收到三个字“挺好的”。挺好的,你要用这三个字敷衍我多久？不行,我要表达我严重的不满。

咸优优向盛楼发出语音通话邀请,接通后却听到了一个女声:“大楼正在河滩上跑步,没拿手机。”咸优优想起了平川城外的那条大河。她问:“你是谁？”“我是他女朋友。”

咸优优觉得,矗立在她心中多年的大楼轰然倒塌,溅起了滔天巨浪。巨浪将她压入深海,让她眼前一片乌黑。她挣扎着让自己浮上来,深吸一口气,终于明白了盛楼为什么整天向她念三字经。

她再次打通电话，还是那个女孩接的。她问:“你说你是盛楼的女朋友,他向你说起过我吗？”

“说过,他说你挺好的。”

咸优优厉声道:“挺好的? 我们俩都挺好,为什么有了你? ”

女孩停顿了一下, 语气中带着怨气:“为什么? 因为三观不合,因为感情观不一致……其实,我们到现在也没在一起。今年正月,县直单位派干部下沉社区抗疫, 我和盛楼被分到同一个居民小区,在下沉期间,我觉得他挺好,他也觉得我挺好,产生了那种感情。我们已经达成共识,与其长期分居,不如就地安家,因为我们很难调回城里。姐姐,咱们都正视现实,另找所爱吧! 我看过你发来的演出视频,你和那个王子不也挺般配吗? 我和大楼祝福你们! 不多说了,大楼会和你谈这件事的。”说到这里,她挂了电话。

咸优优感觉自己喘不过气来,像刚从水底出来那样。她喘息一会儿，把手放下，扶着栏杆站着。

海风正急，将她的头发吹得凌乱。她想，怎么会这样？

正视现实，另找所爱。她想起了女孩说的。

你和那个王子，不也挺般配吗？女孩这样提醒。

她想起按照罗萨的指导，她和舒亮投入情感表演，每次都有感觉。有几次亲吻，两人竟像一对真正的恋人那样。她觉得这样不好，但为了演出效果又不得不这样。

她的指头上，触觉记忆又重现了。那是舒亮与她表演水中芭蕾，突然捏了一下她的手。他是有意，还是无意？

她想起了罗萨和亚历，想起他们亲昵的样子，想起罗萨腹中的那条“小鱼”。她浮想联翩，柔情似水。

往西看看，万家灯火；往东望望，海水滔滔。咸优优在那里站了好久好久。

手机一响，盛楼发来三个字：“对不起。”

她凄然一笑，也回他三个字：“挺好的。”